KB260170

꿀 할머니의 잠 가게

양선 그림책

달리

숲에 어둠이 내리면,
폭신한 이불로 만든 작은 가게가 문을 열어요.

이곳에서는 잠을 팔지요.

곰 할머니는 손님이 원하는 잠이라면
뭐든 뚝딱 만들어 내요.

댕 댕

도로록

도로록

가장 인기가 많은 건 단잠이에요.
곰 할머니는 따뜻하게 데운 우유에
꽃향기가 나는 꿀을 듬뿍 넣고
잠 가루를 솔솔 뿌려 내주어요.

"잘 저어서 따뜻할 때 마시렴."

한 모금 두 모금
단잠을 마신 손님들은
어김없이 달콤한 잠에 빠져들지요.
쿨…
새근새근
푸우우-

그런데 특별한 잠을 찾는 손님들도 있어요.

"안녕하세요?"
하루는 도시에 사는 생쥐가 찾아왔어요.

여기가
원하는 잠은
뭐든 만들어 준다는
잠 가게인가요?

"사람들이 밤늦게까지 떠들고 차도 쌩쌩 다녀서
통 잠을 잘 수가 없어요.
어제도 시끄러운 소리에 일곱 번이나 깼답니다.
어떻게 하면 푹 잘 수 있을까요?"

“어디 보자…….
통잠이 좋겠구나.”

곰 할머니는 깨끗한 유리병에
세상에서 가장 고요한 호수 한 컵,
타닥타닥 장작 타는 소리 두 스푼,
조용조용 자장가 세 스푼을 넣었어요.
그런 뒤 유리병을 네 번 흔들자,
무지갯빛 통잠이 방울방울 생겨났지요.

찰찰찰

집에 돌아온 생쥐는
방 안을 통잠 방울로 가득 채웠어요.
방울들이 톡톡 터질 때마다
마법처럼 주변 소리가 잦아들었지요.
아
아
아

이날 밤, 생쥐는 모처럼 깊이 잠을 잤어요.

소리로
차라라라

커다란 달님도
잠이 필요했어요.

"저는 밤마다 눈을 동그랗게 뜨고 세상을 밝히고 있어요.
하지만 남들처럼 밤잠을 자고 싶을 때가 있답니다.
어떤 잠을 사면 될까요?"

달님을 바라보며 곰곰이 생각하던 곰 할머니는
둘둘 말아 둔 그림자를 펼쳐
사이사이 솜구름을 넣고
정성껏 꿰매기 시작했어요.
아주아주 커다란 쪽잠을 만드느라
바느질은 꼬박 사흘이 걸렸지요.

"자, 다 됐다.
뾰족한 별에 걸리지 않게
조심히 날아가렴."
팔랑
살랑

달님은 쪽잠을
넓게 펼쳐 덮었어요.
그 모습은 커다란 손톱 같았지요.

이날 이후,
달님은 빼꼼 머리만 내놓고
틈틈이 달게 밤잠을 잔답니다.

똑똑!
며칠 전에는
작은 개미들이 가게 문을 두드렸어요.

저희도
잠을 사러 왔어요.

"벌써 겨울이 오는 모양이에요.
저희는 모래로 만든 집에 사는데,
어제도 몸이 으슬으슬해서 못 잤지 뭐예요.
따뜻한 겨울잠이 필요해요."
코가 너무 시린걸.
우리 꼭 붙어서 자자.
이러다 다같이 감기 걸리겠네.
오들오들

"나른한 봄바람 한 줄기,
따사로운 여름 햇살 한 자락,
잘 마른 가을 낙엽 한 줌이면
개미들이 겨울을 잘 나기에 충분하겠지?"

따뜻한 겨울잠을 만드는 곰 할머니의 손이
노랗게 물들어 갔어요.

찰찰 찰찰
사그락 사그락

곰 할머니의 겨울잠이 쌓일수록,
개미들도 점점 나른해졌지요.

영차
이쪽으로
정말 마빈 건.
따뜻해...
봄까지 푹 잘 수 있겠어.

그 밤 이후, 개미들은 따뜻하게 겨울을 보냈답니다.

손님이 모두 돌아가면,
곰 할머니는 가게 불을 끄고

폭신한 이불을 둘둘 말아요.
“이제 마지막 손님을 만나러 가야겠군.”

마지막 손님은 늘 집에서 곰 할머니를 기다리고 있어요.

"할머니, 잠이 안 와요."

곰 할머니는 빙그레 웃으며 이불을 펴요.
그러고는 그날 만난 숲속 친구들 이야기를 들려주지요.
할머니의 이야기보따리가 하나둘 풀릴 때마다
아기 곰의 눈꺼풀 위로 꽃잠이 내려앉아요.

할머니와 아기 곰은 깊고 달콤한 잠에 빠져들지요.

글·그림_양선

이화여자대학교에서 동양화를 공부했습니다.《달님이랑 꿈이랑》으로 제2회 사계절그림책상 우수상을 받았고,《반짝이》,
《잠이 솔솔 핫초코》를 쓰고 그렸습니다. 새로운 시도를 좋아하여 만든《잠이 솔솔 핫초코 팝업 에디션》은 '서울국제도서
전 한국에서 가장 즐거운 책'으로 선정되었습니다. 다양한 방법으로 작품을 표현하기 위해 고민하고 노력하며 도전을 이
어 나가고 있습니다.

1판 1쇄 펴냄 2023년 10월 24일
1판 4쇄 펴냄 2024년 12월 12일

글·그림 양선
편집 정재은 | 디자인·제작 심흥섭 | 기획·마케팅 안선주
펴낸이 박소연 | 펴낸곳 (주)도서출판 딜리
등록 2002.6.4(제10-2398호)
주소 04008 서울특별시 마포구 희우정로 16길, 17-5
전화 02)333-3702 | 팩스 02)333-3703
ISBN 978-89-5998-469-5 77810

예쁜 내 새끼.
코오